재두루미의 은빛 사랑

재두루미의 은빛 사랑

1판 1쇄 2025년 1월 10일

지은이 함영연 **그린이** 최현묵

펴낸이 모계영 **펴낸곳** 가치창조
출판등록 제406-2012-000041호
주소 경기도 고양시 일산동구 중앙로 1347 쌍용플래티넘 228호
전화 070-7733-3227 **팩스** 031-916-2375
이메일 shwimbook@hanmail.net
ISBN 978-89-6301-359-6 73810

단비어린이는 가치창조 출판그룹의 어린이책 전문 브랜드입니다.

 제조자명: 가치창조 제조국명: 대한민국 사용연령: 8세 이상
KC마크는 이 제품이 공통안전기준에 적합하였음을 의미합니다.

재두루미의
은빛 사랑

함영연 글 | 최현묵 그림

단비어린이

이야기 속으로 **초대**하며

어린 시절, 이야기 듣는 걸 좋아했어요. 가족들이 들려주는 이야기는 어쩜 그리도 재미나던지, 또 책 읽는 것도 좋아했어요. 책장을 넘길 때마다 흥미진진해서 몇 번이고 읽고 또 읽었지요. 그렇게 이야기와 책을 좋아해서 작가가 되었나 봐요.

여기에 실린 단편동화는 문예지에 실린 작품들이에요. 한 편 한 편 공들여 썼던 기억이 새록새록 해요. 일곱 편의 이야기에는 강아지 똘이, 숲에서 홀로 지내는 고라니, 날개를 다친 재두루미, 그리고 오색 팔찌가 등장하고 가족의 변화를 받아들이기 싫어하는 아이, 힘들고 번거로운 일을 하지 않으려는 택시 기사, 진짜 우정을 알아가는 아이가 나와요.

　눈부처에 대해 잠깐 들려주면, 똘이는 유기견이었는데 다른 곳에서 얼마 동안 지내다가 우리 집에 와서 살게 된 강아지예요. 언젠가 목욕을 시키고 본 똘이 눈동자에 내 얼굴이 보였어요. 그렇게 우리 가족이 된 똘이의 눈부처 이야기는 시작되었답니다.

　이야기는 귀 기울이게 하는 힘이 있지요. 여기 실린 이야기들도 그런 힘이 있기를 소망해요. 우리 같이 이야기 속으로 들어가 볼까요? 기쁜 마음으로 초대합니다.

풀무로에서

함영연

눈부처

"할머니, 똘이가 아픈가 봐요."

찬우는 엎드려 있는 똘이를 보며 말했어요. 찬우를 보면 반가워서 꼬리치고 뒹굴던 똘이였어요. 그런데 요즘은 잘 먹지도 않고 엎드려 있을 때가 많아요.

"에고, 네가 태어나기 전부터 같이 살았으니 예전 같지는 않겠지. 병원에……."

할머니가 애잔한 눈길을 주었어요. 그러고는 마트에 가려고 일어섰어요. 다음 말은 병원에 데려가야겠다는 말일 거예요. 찬우도 할머니를 따라 마트에 갔어요. 똘이 간식으로 어떤 걸 살지 살펴보고 있을 때였어요.

갑자기 할머니가 허둥거리는 거예요.

"여기 뭐 하러 왔는지 모르겠구나."

"네? 사야 할 게 있어서 온 게 아니에요?"

"그랬는데……."

할머니는 곧 기억해냈지만, 그날부터 깜빡하는 일이 잦았어요. 똘이 밥 주는 걸 잊기도 하고, 친구들과 만나기로 한 약속을 기억하지 못해 당황하기도 했어요. 지방에서 공장을 운영하느라 일주일에 한 번 집으로 오는 엄마 아빠는 할머니가 건망증이 심해졌다며 걱정했어요.

"날마다 공원을 걸으세요. 운동하지 않으면 치매로 이어질 수 있어요."

아빠가 당부했어요.

"나이 드는 건 어쩔 수 없지만 치매는 피하고 싶구나."

할머니가 힘없이 말했어요.

그날 이후로 할머니는 똘이를 데리고 산책하는 날이 많아졌어요. 찬우는 할머니의 건망증이 빨리 사라지길 바랐어요. 똘이는 할머니 따라 나갔다 올 때마다 엎드려 한참이나 숨을 할딱였어요.

"할머니, 똘이 데리고 나가지 마세요."

"똘이도 움직여야 건강해지지 않겠냐."

"힘들어하니까 그렇죠. 데리고 가지 말아요. 아셨죠?"

찬우는 할머니가 들어주기를 바라는 마음으로 말했어요.

그런데 다음 날 학교에 갔다 오니 할머니와 똘이가 보이지 않았어요. 찬우가 전화를 하려는데, 마침 할머니가 들어왔어요. 혼자였어요.

"할머니, 똘이는요?"

"어쩌냐? 찾았는데 없었어."

"네에? 똘이를 잃어버린 거예요?"

"옷 갈아입고 나오니 안 보이더라. 파출소에다 찾아 달라고 부탁하고 왔으니 기다려 보자구나."

"할머니, 잘 생각해 보세요. 똘이 데리고 나가서 어디 어디 가셨어요?"

"아녀, 할미가 나갔다 온 건 맞지만, 네가 부탁한 말이 생각나서 데리고 가진 않았어. 정말이야."

할머니가 손을 내저었어요.

"몰라요! 어서 똘이 찾아오세요."

똘이가 길거리를 헤맨다고 생각하니 너무나 안쓰러웠어요. 지금껏 똘이 없이 지내는 건 한 번도 생각해 보지 않았어요. 엄마 아빠가 보고 싶을 때도 똘이와 놀다 보면 잊을 수 있었거든요.

찬우는 할머니가 산책 다녔던 길을 가 보았어요. 없었어요.

'어디 있니? 어서 돌아와.'

애가 탔어요.

'꼭 찾을 거야.'

찬우는 서둘러 전단지를 만들었어요. 그리고 사람들 눈에 잘 띄는 곳에다 붙였어요. 친구 연아가 지나가다가 말했어요.

"똘이 잃어버렸니?"

"응, 어디 있는지 모르겠어."

"똘이 사진을 베개 밑에 넣고 자 봐."

"그러면 돌아와?"

솔깃했어요.

"그렇게 하면 눈부처를 볼 수 있대. 눈부처 효과가 있다고 하던데. 그 다음은 상상에 맡기는 걸로."

"정말? 그런데 눈부처는 뭐야?"

"눈동자 속에 비치는 모습 있잖아. 내가 너를 보면 네 눈동자 속에 내 얼굴이 보이거든. 히힛, 우리 언니가 해 준 말인데 믿거나 말거나!"

연아는 그렇게 말하고 가던 길을 갔어요.

"상상에 맡기는 것은 또 뭐야?"

찬우가 뒤에 대고 소리쳐도 연아는 손만 들어 보일 뿐이었어요

'똘이를 찾을 수 있다면?'

찬우는 무슨 일이라도 해 볼 생각이었어요. 집으로 오자마자 똘이 사진을 꺼냈어요. 산책하다가 찍은 것, 공원에서 놀다가 찍은 것 들이 있었어요. 찬우는 여러 장의 사진 중에서 방석에 앉아 있는 사진에 눈길이 머물렀어요. 목욕을 시키고 머리를 묶어 주었더니 눈빛이 참 맑았던 기억이 났어요.

찬우는 얼른 그 사진을 베개 밑에 넣고 누워서 눈을 꼭 감았어요.

연아가 말한 믿거나 말거나를 믿는다 쪽으로 마음을 쏟으면
서요.

'똘이가 있는 곳을 알려 줘. 제발…….'

간절한 마음이 전달되기를 바랐어요.

스르르 눈이 감겼어요.

"어어?"

똘이 사진이 눈앞에 떠올랐어요. 그러더니 점점 커졌어요.

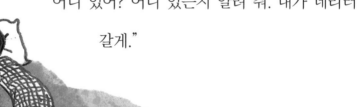

"어디 있어? 어디 있는지 알려 줘. 내가 데리러
갈게."

찬우는 똘이 몸만큼 커진 사진 속 똘이와 눈을 맞췄어요. 똘이 눈동자 속에 할머니 모습이 보였어요. 연아가 말한 눈 부처였어요. 눈부처에서 환한 빛이 나더니 이번에는 거실에 엎드려 있는 똘이가 보였어요. 헛것을 본 게 아닌가 싶어 눈을 비벼 보았지만 분명 똘이였어요.

할머니가 들어오고 있었어요. 똘이가 현관문 쪽으로 갔어요. 할머니를 반기려나 했는데, 현관문을 빠져나가는 거예요.

"할머니! 똘이, 똘이! 똘이야, 안 돼!"

찬우는 소리치며 따라갔어요. 하지만 목소리가 나오지 않고 손도 움직여지지 않았어요. 똘이는 힘겹게 걷다가 쉬어 가기를 반복했어요. 마을 공원에 엎드려 있더니 공원 옆 풀숲에 주저앉았어요.

"똘이야, 거기 있으면 어떡해? 집으로 가야지. 어서 가자."

찬우가 안으려고 했으나 역시나 허공에 손을 저을 뿐이었어요.

"똘이야, 똘이야……!"

찬우는 똘이를 애타게 불렀어요.

"애야, 정신 차려라. 어서 똘이를 찾아야 하는데. 똘이를 잘 돌보지 못해 미안하다."

할머니가 찬우 이마를 만졌어요. 열이 있나 보려고요.

"할머니, 똘이는 풀숲에 있어요. 저기 공원에요!"

찬우는 벌떡 일어나서 밖으로 나왔어요. 할머니가 불러도 돌아볼 여유가 없었어요. 똘이가 간 길을 따라가다가 동물 병원 의사 선생님을 만났어요.

"똘이는 어떠니? 통증이 심할 텐데."

의사 선생님이 찬우를 알아보고 말했어요.

"똘이가 병원에 갔었어요?"

"할머니가 데리고 오셨어."

"아, 네에, 움직이는 걸 힘들어했어요."

"할머니께는 말씀드렸는데. 위가…… 아니다."

의사 선생님은 뭔가 더 말하려다가 말았어요.

"위가 안 좋은 거예요? 그런 줄도 모르고 힘이 없다고만 생각했어요."

찬우는 할머니가 아무리 건망증이라도 그런 중요한 사실을 잊은 게 이해되지 않았어요.

"어서 치료해서 통증을 줄여 줘야 할 텐데."

의사 선생님 얼굴에 걱정이 가득했어요.

"그렇게 아픈데 어디 갔을까요? 똘이가 집을 나갔어요."

"저런, 아픈 몸으로 어디 갔을까? 어서 찾기를 바란다."

"네, 꼭 찾을 거예요. 꼭요!"

찬우는 공원 풀숲으로 뛰어갔어요. 이리저리 살펴보았어요. 없었어요. 찬우는 떨어지지 않는 발길을 돌려 집으로 왔어요.

그때 엄마에게 전화가 왔어요.

"별일 없지?"

늘 묻던 말인데 찬우는 눈물이 터졌어요.

"엄마, 똘이 어떡해요? 위가 안 좋아서 통증이 심할 거래요. 많이 아플 텐데, 집을 나가서 돌아오지 않고 있어요."

"뭐라고? 저번에 봤을 때 힘이 없어 보여서 이상하다고 생각했어. 그 몸으로 어디 갔을까? 어서 찾아야지. 빨리 찾아봐라."

얼마나 놀랐는지 엄마의 목소리가 떨렸어요.

잠시 후에 또 전화벨이 울렸어요. 파출소였어요. 마을 사람들이 발견하여 신고했는데 똘이 같다는 거예요. 찬우는 파출소로 갔어요. 똘이가 맞았어요. 똘이는 바닥에 누워서 숨을 가늘게 쉬고 있었어요.

"똘이야, 어디 있었어? 이젠 어디 가지 마. 약속해."

찬우는 똘이를 꼭 안았어요. 그리고 경찰 아저씨에게 고맙다고 몇 번이나 인사하고 동물병원으로 갔어요.

"선생님, 우리 똘이 아프지 않게 해 주세요. 어서 치료해 주세요."

찬우가 졸랐어요. 뒤따라 온 할머니도 간절하게 말했어요.

"할 수 있는 건 다 해 줘요. 꼭 낫게 해 줘요."

"최선을 다 해 보겠습니다."

의사 선생님이 고개를 끄덕였어요.

"이것아, 아무리 아파도 그러는 게 어디 있어? 늙은 할미는 슬퍼서 어떻게 살라고……."

할머니는 자꾸 똘이 등을 쓰다듬었어요.

똘이는 수술을 받았어요. 위암 수술을요. 그때야 찬우는 할머니와 동물병원 의사 선생님이 말하기 어려워했던 게 무엇인지 알게 되었어요. 똘이는 수술이 잘 되어 회복 시간을 견디고 있어요.

"휴우, 동물은 죽을 때가 되면 자신이 누울 곳을 찾아간다는 말이 생각나서 괴롭더구나."

할머니가 눈 주위를 꾹꾹 눌렀어요. 똘이가 큰병에 걸렸다는 걸 들은 할머니가 충격으로 건망증이 온 것 같았어요.

"할머니, 원망해서 죄송해요. 똘이를 찾았고, 수술도 잘되었으니 건강하셔야 해요. 그래야 똘이와 산책도 나가지요."

찬우는 눈부처에 대해 말하려다가 그만두었어요.

"똘이야, 똘이야. 여기, 여기! 내 눈에 네가 있고, 네 눈에 내가 있어. 우리 오래오래 같이 살자."

찬우는 똘이와 마주보고 사진을 찍었어요. 똘이의 눈빛은 어느 때보다 편안했어요. 찬우는 함께 산책할 날을 기다리고 있어요. 서로의 눈부처를 보면서요.

고라니의 길

"저 담만 없다면……."

산등성이에 오른 할머니가 숨을 몰아쉬며 가슴을 쳤다. 할
머니는 북쪽 도담마을이 보이는 이곳을 자주 찾았다. 나슬
마을과 도담마을의 허리춤에 버티고 있는 철조망 담을 보러
오는 것이다. 오늘은 손자 석이도 함께였다. 고라니는 가까
운 수풀에서 할머니의 눈길을 좇았다.

어미 고라니가 먹이를 구하러 나갔던 지난겨울 어린 고라
니는 맛난 먹이를 고대하고 있었다. 그때 철조망 담 쪽에서

탕, 탕! 산을 울리는 불안한 소리가 들렸다. 그 뒤로 어미 고라니는 영영 돌아오지 않았다. 어린 고라니는 눈 쌓인 산속에서 추위와 배고픔에 지쳐가고 있었다. 그런 고라니를 살려 준 이가 석이네 할머니였다. 할머니는 산속 동물들이 배곯을까 숲에다 먹이를 놓아주었다.

'할머니, 고마워요. 저 담은 왠지 저도 싫어요.'

고라니는 한숨 짓는 할머니의 마음이 느껴졌다. 할머니의 소원대로 도담마을을 자유롭게 갈 수 있으면 좋으련만, 담 근처에도 갈 수 없는 게 현실이었다. 산등성이 나무들이 짙푸른 기운을 뿜어내고, 바들바들 떨던 어린 고라니의 가는 다리가 굳세게 되어도 할머니의 시름은 긴힐 줄 몰랐다.

"쯧쯧, 그놈의 생각이 문제여."

도담마을을 애잔하게 보던 할머니가 혀를 찼다.

"생각이 어떤데요?"

석이가 물었다. 고라니도 가만히 귀를 기울였다.

"그게 말여⋯⋯."

할머니는 언젠가 했던 이야기를 또 들려주었다.

남쪽과 북쪽이 나눠지기 전, 바다 건너 사는 무리들이 이리 떼처럼 몰려와 이곳 사람들을 노예처럼 부려 먹고 좋은 것은 다 빼앗아 갔다. 사람들은 오랫동안 굶주리며 고통스럽게 일을 해야 했다. 세월이 흘러 무리를 쫓아냈지만 마을은 엉망이 되었다.

사람들은 마을을 앞으로 어떻게 꾸려갈지 의논했다. 자신의 생각과 맞는 의견이 나오면 환영하다가도 맞지 않으면 화를 냈다. 그러다 결국 큰 싸움을 하게 되었고, 그 일로 골이 깊어져서 나슬마을과 도담마을 사이에 철조망 담을 세우게 된 것이다.

그때 꽃다운 나이였던 석이네 할머니, 순이는 나슬마을에 심부름을 왔다가 돌아갈 수 없게 되었다. 아버지와 함께 산에 약초 캐러 간 오빠가 굴러서 다치는 바람에, 오빠 대신

한약방 약초 배달을 왔던 것이다. 순이뿐만 아니라 많은 사람들이 돌아갈 수 없었고, 돌아올 수 없었다. 북쪽에 있는 가족들은 생사조차 알 수 없다고 했다.

"에고, 남도 아닌데……. 할아버지의 할아버지로부터 이어 온 같은 자손인데 말이여."

"그러면 뭐해요? 서로 친하지도 않잖아요."

석이가 퉁퉁거렸다. 고라니는 머리를 주억거렸다. 할머니의 이야기를 귀동냥해 보면 나슬마을과 도담마을은 가족처럼 친하게 지내던 마을이었다. 하지만 대표들이 만나서 잘 지내기 위해 의논하자고 해도 이루어지지 않고 있었다. 나슬마을에서 만남을 제안하면 도담마을에서 어려운 요구로 걸림돌이 되고, 도담마을에서 제안하면 나슬마을 또한 마땅하지 않은 부분을 들어 미루기 일쑤였다.

"가고 싶어도 갈 수 없는 저 북쪽 땅이 아예 북극으로 사라지면 좋겠어요."

석이의 불평이 이어졌다.

"뭐여? 저들이 하는 짓은 미워도 사람은 미워하면 못 쓰는 겨."

할머니가 손사래를 쳤다.

"어디 보자."

할머니가 두리번거렸다. 고라니를 찾는 눈빛이었다. 고라니는 수풀에서 나와 할머니 곁으로 갔다. 석이는 눈을 반짝이며 둘을 번갈아 보았다.

"잘 있었냐?"

할머니가 허리를 구부려 고라니의 등을 쓸어 주었다. 고라니는 손길을 피하지 않고 가만히 있었다.

"고라니가 말을 알아듣는 것 같아요."

"그렇지? 우리가 만난 지도 꽤 됐구나."

할머니가 끙 소리를 내며 허리를 펴더니 도담마을을 눈에 담듯이 바라보았다.

"이제 내려가 볼까?"

할머니가 몸을 돌렸다. 고라니는 헤어지기 싫어서 할머니의 뒤를 따랐다. 석이는 그 모습이 신기한지 가다가 돌아보고 가다가 돌아보았다.

"어쩜 고라니가 사람을 따른데요?"

마을 사람들도 의아해했다.

"저나 나나 인연이 되려니 그런가 보우."

할머니는 고라니에게 다정한 눈길을 주었다.

그날 이후 고라니는 할머니와 같이 지냈다.

할머니는 억척스럽게 밭일을 했다.

"저 담을 허무는 날, 덩실 춤추며 가려면 기운
내서 몸을 더 움직여야지. 꼭 담이 무너지는
날이 올 거여. 그럴 것이여."

할머니는 누군가 들어
주기를 바라는 듯이
말했다.

그러던 어느 날, 마을회관에 갔다가 이산가족인 이웃 할아버지가 돌아가셨다는 소식을 들었다. 북쪽 고향이 가까워서 이 마을을 떠나지 않고 살던 할아버지였다. 늙고 병든 이산가족들이 하나둘 하늘나라로 가고 있었다.

"생이별로 속 끓이다 가시니 애통해요."

사람들이 침울해했다.

"돌아가시는 분들을 보면 마냥 기다릴 수 있는 문제가 아니에요."

"아, 무조건 만나게 해야지요. 이쪽이나 저쪽이나 생각을 바꿔야 해요."

"그러게 말예요."

"자유롭게 왕래할 수 있으면 얼마나 좋을꼬. 산다면 얼마나 산다고."

할머니도 눈가를 꾹꾹 눌렀다.

"오래 사셔야죠."

사람들은 가족을 그리워하다가 세상을 떠나는 이산가족들을 봐 왔기에 무엇보다 다급한 일이란 걸 알고 있었다.

"안 된다고 손 놓고 있으면 영원히 멀어지는 거여. 어떤 이유건 헤어진 가족들은 만나야지. 이런 법은 없는 거여. 아이고, 얼마를 더 기다려야 할꼬."

할머니가 탄식을 했다.

집으로 온 할머니는 그리움이 병이 되었는지 시름시름 앓았다. 석이가 부축해도 일어나지 못했다. 고라니는 안타까워서 어쩔 줄을 몰랐다.

"할머니, 계속 누워 있으면 어떡해요? 건강해야 가족들을 만나지요."

고라니가 하고 싶은 말을 석이가 했다.

"그려, 죽기 전에 오라비를 만나려면 힘을 내야지. 오라비는 살아 있을 거여."

할머니는 힘든지 몸을 일으키려다 다시 누웠다. 문 밖에서 고라니도 걱정 어린 눈으로 할머니 방을 지키고 있었다.

"비가 오려나. 몸이 찌뿌듯하네. 농작물 피해가 있으면 안 되는데……."

할머니는 몸을 몇 번이나 뒤척였다. 할머니 말대로 낮게 내려앉은 하늘을 먹구름이 어둑하니 덮고 있었다. 곧 먹장구름이 몰려왔다. 산 허리춤에 머물던 회오리바람이 기지개를 켜더니, 먹장구름의 허리를 휘감고 세찬 소나기를 퍼부었다. 다행히 농작물에 피해를 크게 주지 않고 지나갔다.

그러나 도담마을은 사정이 다른 것 같았다. 농작물이 거센 빗물에 휩쓸려 갔고, 산사태로 피해가 엄청나다는 소문이 돌았다. 나슬마을 사람들은 도담마을을 안타까워했다.

"식량이 부족하다고 하던데요."

"우리가 도와야 하지 않을까요?"

"그걸 왜 우리가 걱정합니까?"

누군가 버럭 화를 냈다.

"다른 것도 아니고 먹을 양식이 부족하다는데 도와주면 어 떨까요?"

"난 신경 쓰고 싶지 않습니다."

호의적인 사람도 있지만 손사래 치는 사람도 있었다.

"이보시오! 굶는 걸 알면서 돕지 않는 건 아니라고 생각하 우. 나는 기꺼이 돕겠수."

언제 왔는지 할머니가 나섰다.

"할머니, 아픈 건 괜찮으신 거예요?"

석이가 따라오며 외쳤다.

"아픈 게 문제냐? 지금은 마음을 모을 때여."

할머니가 단호하게 말했다.

"할머니 말처럼 쉬운 일이 아니에요. 도와주기 시작하면 앞으로 힘들 때마다 도와 달라고 손 내밀 거라고요."

"맞아요. 그 사람들, 우리와 달라도 너무 달라졌다니까요."

사람들이 고개를 저었다.

"우리도 저들이 하는 일을 그리 반기지 않잖우. 배곯는 사람을 도와주는 건 사람의 도리라우."

할머니가 힘주어 말했다. 멀찍이 지켜보던 고라니는 할머니 얼굴에 켜켜이 쌓여 있는 그리움을 볼 수 있었다.

"할머니 말씀대로 도와주면 좋겠어요."

석이가 할머니의 말을 거들었다.

"넌 아직 몰라서 그러는 거야. 그게 생각처럼 쉬운 문제가 아니란다."

어른들 표정이 어두워졌다.

"먹을 게 없어 굶는다잖아요. 전 헤어져 있는 할머니 가족들이 굶을까 봐 걱정이에요. 나른 사람들도요."

"그려그려, 내 새끼."

할머니 눈이 눈물로 어룽거렸다.

"이건 내가 푸성귀 팔아 모은 거라오."

할머니가 고쟁이에서 쌈지 돈을 꺼냈다. 그동안 쉬지 않고 밭일을 하여 번 돈이었다.

"할머니, 그게 단순한 문제가 아니라서……."

받아 든 돈을 어떻게 해야 하나 망설이는 사람들을 뒤로 하고 할머니는 산등성이를 향해 걸어갔다. 힘겨운지 걷다가 멈추기를 반복했다. 고라니도 뒤를 따랐다. 산등성이에 오른 할머니는 북쪽을 하염없이 바라보았다.

"눈앞에 두고도 못 가는 서러움을 누가 알겠누. 에휴……."

할머니가 길게 한숨을 토했다. 고라니는 걱정스러운 눈으로 할머니를 쳐다보았다.

"저어기 저렇게 버티고 있는 문을 열어 길을 터주면 두 번 가고, 세 번 가고……. 그러다 보면 사람들도 가까워질 텐데. 휴우, 문제는 마음에 쌓은 담이여! 마음의 담이 더 문제란 말여."

할머니는 답답한 마음을 펼쳐 놓았다.

그날 이후 할머니는 북쪽 가족을 만날 희망의 끈을 놓았는지 힘이 하나도 없었다.

"이젠 산으로 돌아가라. 내가 나를 잘 안다. 이러다 영영 가는 거지. 그러니 살던 곳으로 가라. 겨울 먹이는 석이에게 챙기라고 하마."

할머니가 마당에 있는 고라니에게 말했다. 그리고 자리에 누운 할머니는 좀처럼 기운을 차리지 못했다. 고라니는 촉 촉하게 젖은 눈으로 방을 바라볼 뿐이었다. 그러다 무언가 결심한 듯 산으로 가서 한참 수풀에서 머물렀다. 눈물이 후 드득 쏟아질 것 같으면 하늘을 보곤 했다.

얼마간 그렇게 있던 고라니는 수풀에서 나와 할머니처럼

산등성이에 섰다. 할머니 소망이 고라니 가슴에서 살아나고 있었다.

"할머니, 할머니! 저 철조망 담이 뭐라고 그토록 할머니를 슬프게 할까요? 저게 뭐라고, 뭐라고……."

고라니는 앞발로 바닥을 탁탁 쳤다. 그리고 철조망 담을 향해 걸어갔다.

"탕, 탕!"

어미 고라니가 먹이 구하러 간 날 들렸던 소리가 울려 퍼졌다. 그래도 고라니는 아랑곳하지 않고 도담마을을 향해 길을 내며 앞으로 앞으로 나아갔다.

세 번째 이야기

소리 허깨비

보미는 소파에 털썩 앉았습니다. 위잉, 냉장고 돌아가는 소리가 고요를 깨웠습니다. 보미는 엄마 회사에 전화하려다가 그만두었습니다.

'아빠는 전화도 안 하고!'

출장 간 아빠가 생각났습니다. 텔레비전을 켰습니다. 말소리가 쏟아지고 웃음소리도 흘러나왔습니다. 아빠와 같이 보던 예능 프로그램이었습니다. 혼자 보려니 흥겹지 않았습니다. 보미는 텔레비전을 끄고 소파에 엎드렸습니다. 주말에 엄마 아빠와 나들이할 거라고 들떠 있던 옆짝이 생각났습니다.

"엄마 왔다. 자려면 방에 가서 자야지."

어느샌가 소파에서 잠이 들었나 봅니다.

"엄마!"

보미는 벌떡 일어났습니다.

"아휴, 업무가 많아서 파김치가 되었어."

엄마는 보미가 일어난 소파에 몸을 늘리듯이 누웠습니다.

"엄마는 일밖에 몰라."

"미안해. 그렇다고 회사를 그만둘 수 없잖아. 도우미 아줌마네 일이 해결되면 늦게까지 아줌마가 같이 있어 줄 거야. 그때까지 네가 이해해 주렴."

엄마의 대답입니다.

"몰라요, 몰라!"

보미는 쌩하니 방으로 들어갔습니다.

다음 날도 보미는 학교와 학원에 갔다 와서 혼자 엄마를 기다려야 했습니다. 도우미 아줌마가 청소를 해서 집안은 깨끗합니다. 식탁에 먹을 것도 차려져 있습니다. 하지만 아줌마는 두 시간 전에 집에 갔습니다. 보미는 책장을 넘기다가 밀쳐 두고 종합장에 그림을 그렸습니다. 그래도 허전한 마음을 떨칠 수 없습니다.

"보미야, 오늘 늦을 것 같은데 어쩌지? 엄마 후배라도 집에 와 있으라고 할까?"

엄마에게 전화가 왔습니다. 그리 놀랄 일이 아닙니다. 아침에 직원 연수가 있다는 말을 들었기 때문입니다.

"괜찮아요."

보미는 잘 모르는 사람과 있는 것보다 혼자 있는 것이 낫다고 생각했습니다. 현관문은 절대 열어 주지 않을 거라고 생각하며 빵을 조금 먹고 침대에 누웠습니다.

"아! 내 말을 들어줄 친구가 있으면 좋겠어. 그런 친구가 있으면 얼마나 좋을까?"

보미는 베개를 꼭 안았습니다.

"나야."

그때 귓가에서 누군가가 속삭였습니다.

"어?"

귓불을 만져 보았습니다.

"불러 놓고 가만있을래?"

이젠 눈앞 어딘가에서 소리가 들렸습니다. 가슴이 파르르 떨렸습니다.

"내가 언제?"

보미는 얼결에 대답하고는 생각을 더듬어 보았습니다.

"네 말을 들어주면 좋겠다고 했잖아."

"그러기는 했지."

보미는 놀라워 입을 다물지 못했습니다.

"날 불렀으니 우리는 친구야."

친구란 말이 따스했습니다.

"모습을 보여 봐."

"네가 나야."

소리는 보여 줄 생각이 없는 것 같았습니다.

"우리 그림 그리자."

소리가 제안했습니다.

"그럴까?"

보미는 어느새 소리와 놀기 시작했습니다. 놀이터를 그리고 놀이터에서 신나게 노는 그림을 그렸습니다.

"어서 타."

소리가 말했습니다. 보미는 그네를 탔습니다. 미끄럼틀도 몇 번이나 탔습니다.

"엄마는 너를 사랑하지 않아."

소리가 속삭였습니다.

"아니야!"

보미가 소리쳤습니다. 즐겁던 놀이가 재미없어졌습니다.

"늦었으니 집에 가라."

아파트 경비 아저씨의 목소리가 들렸습니다. 주위를 두리번거려 보았습니다.

'어어? 정말 놀이터잖아.'

집으로 온 보미는 눈꺼풀이 무거워 바로 잠이 들었습니다.

다음 날은 개교기념일이어서 학교에 가지 않았습니다. 엄마는 불편한 게 있으면 도우미 아줌마에게 말하라고 하고

출근했습니다.

"도우미 아줌마가 엄마는 아니잖아요."

보미는 방으로 들어가면서 혼잣말을 했습니다. 시간이 느림보처럼 가고 있었습니다.

"오늘도 신나게 놀자."

소리가 들렸습니다.

"정말?"

반가웠습니다. 보미는 소리와 함께 거실에서 놀았습니다.

"우리 밖으로 나가자."

"좋아!"

보미는 소리와 학교 운동장에서 놀았습니다. 달리기도 하고 정글짐에도 올라갔습니다.

"아빠는 출장 간 게 아니고 엄마와 이혼한 거야."

또 소리가 속삭였습니다.

"아니야! 함부로 말하면 안 놀 거야."

　보미는 화가 나서 씩씩거렸습니다. 잠시 숨을 돌리는데 뒤에서 보안관 아저씨 목소리가 들렸습니다.

　"날이 찬데 집에 가라. 감기 걸릴라."

　　언제 왔는지 보안관 아저씨가 서 있었습니다.

　　"소리야, 소리야!"

　　보미는 소리를 찾았습니다.

　　대답이 없었습니다.

"누구랑 같이 왔냐? 휴대폰 없으면 집에 연락해 줄까?"

"괜찮아요. 집이 가까워요."

보미는 보안관 아저씨 걱정을 뒤로하고 집으로 왔습니다.
또 잠이 쏟아졌습니다.

다음 날, 침대에서 꾸무럭거리고 있는데 엄마가 방으로 들
어왔습니다. 애잔한 눈으로 보미를 보며 말했습니다.

"요즘 무슨 일 있니?"

"아니요. 학원 잘 다니는데요."

"왜 자꾸……. 아니다. 오늘은 엄마 후배에게 가 보자."

엄마는 할 말을 담고 있는 표정이었습니다. 그래도 엄마와
같이 외출하는 건 좋았습니다. 엄마는 가면서 학교생활은
어떤지, 친구와 잘 지내는지, 이것저것 물었습니다. 이야기
를 하면서 가다 보니 어느새 목적지에 도착했습니다. 어린
이청소년 상담 센터였습니다.

"엄마 후배가 있는 곳이 여기예요?"

"응, 너를 보고 싶어 해서……."

보미는 엄마와 손을 잡고 안으로 들어갔습니다. 그리고 엄마 후배와 마주 앉았습니다. 테이블에 종이와 색연필이 놓여 있었습니다.

"보미야, 잘 지냈니? 그새 많이 자랐구나."

전에 본 적이 있는 엄마 후배였습니다.

"……."

보미는 어색해서 가만히 있었습니다.

"여기 왔으니 편하게 종이에다 가족을 그려 보렴."

설레던 외출이 실망으로 바뀌었습니다. 같이 놀던 소리가 생각났습니다.

"보미야, 나가고 싶은 거지?"

때맞춰 소리가 들렸습니다.

"응. 나가고 싶어. 네가 와서 좋아."

보미는 자신의 마음을 읽어 주는 소리가 반가웠습니다. 소리를 따라 밖으로 나갔습니다.

"보미야, 왜 그러니? 혼잣말을 하고."

엄마가 보미의 팔을 잡았습니다.

"엄마……."

"그래, 엄마야."

보미는 허리를 굽혀 눈을 맞추고 있는 엄마를 물끄러미 보았습니다.

"소리야, 우리 엄마야."

반응이 없었습니다.

"누구에게 말하는 거니? 왜 그러니?"

엄마 눈에 눈물이 고였습니다. 보미는 엄마 눈물을 보자, 가슴에 있던 두려움이 튀어나왔습니다.

"엄마, 울어요? 울고 싶은 건 저란 말예요!"

"보미야……."

엄마는 어쩔 줄을 몰라 하며 보미를 데리고 안으로 들어갔습니다. 그리고 소파에 앉히고 따뜻한 물을 주었습니다.

"엄마에게 말해 줄 수 있니? 경비 아저씨에게 들었어. 어둑해질 때까지 밖에 있으면 안 되잖아."

엄마가 안쓰러운 눈빛으로 보고 있었습니다.

"소리와 같이 논 거예요."

"소리?"

"네, 같이 놀자고 해요. 소리로요."

"……소리가 들린다는 거니?"

"소리는 친구예요."

보미는 적어도 소리와 있을 때는 불안하지 않았습니다.

"미안하다. 엄마가 많이 신경 못 써서."

엄마가 보미를 안아 주었습니다.

보미는 다시 엄마 후배와 마주 앉았습니다.

"소리가 들리니?"

"네. 소리는 친구가 되어 줘요."

보미가 대답했습니다.

"그랬구나. 보미야, 그건 환청이라는 거야."

"환청요?"

"그래, 네가 만들어 낸 허깨비지. 앞으로 소리가 들리면 진
짜가 아니니까 따르지 않도록 해. 불안한 마음 때문에 소리

를 따라 자신도 모르게 밖으로 떠돌기도 하거든. 정신 차려 보면 엉뚱한 데로 가 있기도 하지. 그런 일이 있으면 안 되겠지?"

엄마 후배의 목소리는 따뜻하고 부드러웠습니다.

후배와 인사하고 나온 엄마는 보미 손을 꼭 잡으며 말했습니다.

"보미야, 불안해하지 마. 네가 사랑스러운 딸이라는 건 변함없으니까."

그날 이후로 엄마는 퇴근하면 보미와 시간을 가지려고 애썼습니다. 숙제는 했는지, 어떤 책이 재미있는지도 물어보았습니다. 아빠도 자주 전화해 주었습니다. 하지만 문득 문득 소리가 생각났습니다. 그런 마음을 아는지 뜸하던 소리가 또 들렸습니다.

"나야!"

반가웠습니다. 보미는 소리를 따라 가려다가 멈췄습니다.

스스로 만들어 낸 허깨비라는 말이 떠올랐기 때문입니다.

"이제 너를 따라가지 않을래. 아니 네가 나를 따라다니지 않게 할 거야. 엄마는 날 사랑해."

"맞아."

"아빠도 엄마와 나를 사랑해."

"그래."

소리가 응대했습니다.

"소리야! 이젠 날 찾아오지 마. 난 혼자가 아니야."

"당연하지."

소리의 맞장구에 울컥 울음이 터져 나왔습니다.

"사실은……, 엄마 아빠가 더 이상 사랑하지 않는다는 걸 알고 있었어. 아빠 엄마가 다툴 때 무서웠어. 아빠가 떠나던 날도 서로 화를 막 냈거든. 불안했어."

"알아. 네 마음…….."

보미는 마음에 있던 말을 더 꺼냈습니다.

"아빠가 출장 갔다고 생각하고 싶었어. 나 혼자 남겨졌다는 생각이 들 때마다 아니길 바랐거든."

"그랬구나."

"이젠 그러지 않을래. 엄마 아빠가 이혼한 것도 받아들일래. 소리야, 잘 가."

마음을 털어놓으니 한결 편안했습니다. 불안으로 흔들렸던 보미 마음이 단단해지고 있었습니다.

네 번째 이야기

오색 팔찌

오색 팔찌는 공부를 마치고 가방을 챙기는 리아가 대견했다. 엄마의 마음으로 바라보니 더욱 그랬다. 병원에 입원하게 된 엄마는 팔찌를 리아에게 주면서 엄마 보듯이 하라고 했다. 그 말에 리아는 덤덤했지만, 팔찌는 엄마의 마음으로 리아를 대했다.

"오늘 올 거지? 그 팔찌 갖고 싶다아."

며칠 전에 생일 초대장을 준 가희가 다가와 말했다.

"이, 이건⋯⋯."

리아가 손을 뒤로 했다. 가희는 생일 파티에 꼭 오라는 말을 하고 교실을 나갔다.

'어쩌지? 이걸 선물로 받고 싶나 봐.'

리아는 가방을 메며 혼잣말을 했다.

"안 돼!"

팔찌는 화들짝 놀랐다. 지금은 리아에게 마음을 쓰고 있지만 꼭 해야 할 일이 있기 때문이다.

할머니는 홀로 리아를 키우는 딸을 보며 한숨 짓곤 했다. 미혼모가 된다 해도 아기는 꼭 낳을 거라는 말에, 안쓰러워서 눈물 마를 날이 없었다. 리아 엄마는 할머니 걱정을 아는 터라 억척스럽게 살았다. 그런 생활이 길어지다 보니 과로로 쓰러져 입원하게 된 것이다.

"와, 오색 팔찌네. 예쁘다. 어디서 샀니?"

가희는 리아가 팔찌를 하고 온 첫날부터 관심을 보였다.

"이건 세상에서 하나밖에 없는 거야."

리아는 엄마에게 들은 이야기를 했다.

"그렇다고 하니 정말 갖고 싶은걸."

가희는 더욱 눈길을 떼지 못했다. 팔찌는 세월이 흐를수록 은은한 멋이 느껴진다는 말을 들어와서 새로울 건 없었다. 그런데 관심을 보인다고 해서 다른 사람에게 주는 건 안 될 일이었다.

팔찌는 10년 전 공방에서 가죽 끈을 엮어 자신을 만든 소년이 생각났다. 소년은 오색 팔찌를 만들어 소녀에게 주며 사랑을 고백했다. 사랑을 이어주는 끈이라는 말과 함께. 그날 소녀는 집으로 오면서 팔찌를 어루만졌다. 소년의 사랑을 믿는다는 말도 했다.

그랬는데 소녀가 임신했다는 말을 한 며칠 뒤부터 소년은 연락이 되지 않았다. 불안해 어쩔 줄을 모르던 소녀는 직접 찾아 나섰다. 사는 집에 가 보고, 같이 다녔던 장소도 가 보았다. 만날 수 없었다. 지쳐서 돌아온 소녀는 팔찌를 벗어 바닥에 던지며 울부짖었다.

"이 팔찌가 사랑을 이어 주는 끈이라고? 거짓말, 다 거짓말이야! 으흐흑……."

팔찌는 소녀의 슬픔이 절절히 스몄다. 자신을 만들 때 심어진 소년의 마음은 진실인데, 팔찌는 무슨 일인지 알 수 없었다. 팔찌는 소년의 진실한 사랑을 꼭 이어주고 싶었다.

"이것아, 그래서 함부로 연을 맺는 게 아녀. 진짜 인연과 스쳐가는 바람은 구분해야 하는 겨. 일가친척도 없이 혼자 사는 사람이라 알아볼 데도 없으니, 쯧쯧……."

소녀의 엄마인 할머니도 애통해했다.

"다 잊을 거예요. 잊을 거예요. 아예 콱 죽어 버리고 싶어요!"

소녀가 몸부림을 쳤다.

"그런 말은 입에 담지도 마라. 뱃속 아기를 생각해야지. 우여곡절을 겪어도 만날 인연은 만난다더라. 기다려 보자."

할머니가 소녀를 안고 다독였다. 팔찌는 소녀가 나쁜 결정을 내릴까 봐 걱정되었다.

'소년의 사랑은 진심이에요. 내가, 내가 그 사랑을 이어 줄게요.'

팔찌는 소녀를 향해 다짐했다. 소녀는 마음을 잡지 못하고 방황했다. 그런 날이 얼마 동안 이어졌다. 그러던 어느 날, 가만가만 불러오는 배를 쓰다듬더니 팽개쳐 놓은 팔찌를 다시 팔목에 찼다.

'그래, 꼭 잡고 가는 거야. 사랑을 이어 주는 끈이라고 했잖아. 꼭 만날 거라고 믿고 기다릴래.'

그렇게 팔찌는 소녀가 리아 엄마가 되는 삶을 같이 했다.

리아 엄마는 생활비가 항상 부족했다. 그래서 지인들에게 초대받으면 집에 일이 있다고 핑계대고 참석하지 않았다. 그런 날은 마음이 편치 않은지 서성거릴 때가 많았다. 그러더니 언제부터 몸을 움직여 할 수 있는 일을 하기 시작했다. 친구 결혼식에 가서 친구 소지품 가방을 들어 주고 친구가 신경 쓸 일을 찾아서 해 주었다. 또 친구 엄마가 돌아가셨을 때는 장례식장에 조문 온 사람들에게 음식을 나르며 정성을 다했다.

리아가 그런 엄마 성격을 닮았다면 생일 파티에 빈손으로 가지 않으려고 할 것이다. 리아는 현관문을 들어서며 한숨을 쉬었다. 한숨 소리가 들릴 정도로 집은 조용했다. 리아는 방으로 들어가더니 무릎을 세우고 얼굴을 묻었다. 생일선물에 대해 고민하는 것 같았다. 팔찌는 자신이 해 줄 수 있는 일이 없어 안타까웠다. 잠시 뒤에 리아는 고개를 들었다. 그리고 팔찌를 천천히 만졌다.

'아무리 그래도 설마…….'

팔찌의 우려는 금세 현실이 되었다.

"미안, 난 생일 파티에 가고 싶어. 엄마도 이해할 거지?"

리아는 팔찌를 벗어 주섬주섬 포장했다.

"안 돼, 이러면 안 돼!"

팔찌의 외침에도 리아는 집을 나섰다.

"이럴 수는 없어. 난 할 일이 있어. 소년의 사랑이 진심이라는 걸 알려 줘야 해. 그 사랑이 이어질 때까지 있어야 한다고!"

팔찌는 포장지 속에서 외쳤으나 소용이 없었다.

"늦었네. 어서 와."

가희가 반겼다. 이미 생일 파티가 시작된 뒤였다. 리아는 가져온 것을 내밀었다. 가희가 기대에 찬 눈빛을 하고 포장지를 열었다.

"어머나! 나 줘도 되니? 갖고 싶었는데."

"그래서 주는 거야."

리아가 말했다. 가희 방엔 가죽으로 만든 물건이 여럿 보였다.

"이거? 다 내가 만들었어. 가죽공예를 배우고 있거든. 그래서인지 오색 가죽 끈으로 만든 이 팔찌에 관심이 갔어. 특별한 느낌이 들더라."

가희가 리아의 눈길을 따라가며 설명해 주었다.

팔찌는 한순간에 바뀐 자신의 처지가 당황스러웠다.

"넌 생각이라곤 눈곱만큼도 없는 애야. 엄마의 사랑을 한순간에 버리다니!"

그렇게 팔찌는 리아와 헤어졌다. 더 이상 사랑을 이어 주는 끈이 될 수 없다는 절망감에 휩싸였다. 안타깝고 슬펐다. 가희는 관심을 보인 만큼 팔찌를 아끼지 않았다. 한두 번 팔목에 차더니 상자에 넣고 그만이었다. 이제 팔찌는 상자 안에서 지내는 신세가 되었다. 무료하게 보내는 날에도 사랑의 끈이 되어야 한다는 생각은 접을 수 없었다.

'난 꼭 할 일이 있어.'

팔찌는 잊지 않으려고 애를 썼다.

그러던 어느 날, 상자가 열렸다.

"꼬임이 특별하단 말이야. 어떻게 만들었는지 봐야겠어."

가희는 팔찌를 꺼내 들고 오색 끈을 풀려고 했다.

"어, 어어?"

리아와 헤어져 할 일을 이루지 못한 것도 힘 빠지는데, 이
젠 팔찌로 지낼 수 없는 순간이 다가오고 있었다.

"제발, 이러지 마. 이러지 마!"

팔찌가 애원을 했다. 그 소리를 들을 리 만무한 가희는 뾰
족한 집게 핀으로 팔찌의 이음새를 뜯으려고 했다.

"어서 오게나. 잊을 만해야 찾아오고. 자네도 참 무심하네."

그때 거실에서 가희 아빠의 목소리가 들렸다. 손님이 온 것 같았다.

"그러게 말이네. 오늘은 왠지 발길이 이리로 향했네."

아저씨 목소리도 들렸다.

"가희야, 뭐하니? 인사해야지."

아빠가 가희 방문을 열었다.

"아저씨, 안녕하세요?"

"그래, 잘 지냈니? 많이 컸구나."

애틋한 눈빛으로 보던 아저씨가 모자를 눌러 쓰더니 고개를 푹 숙였다.

"생각나서 그러는구먼."

"……."

"그 당시 취업 준비하던 자네가 사라져서 얼마나 놀랐는지 몰라."

"미안하네. 만날 수 있다면 속죄하며 살고 싶어. 임신했다는 말을 듣고 돈을 벌어야겠다고 생각했지. 그래서 건설 현장으로 갔고. 그때 추락 사고를 당해 오랫동안 깨어나지 못했네. 자네도 알다시피 찾으려고 했어. 그런데 찾을 길이 없었네."

바닥만 보고 말하던 아저씨가 서서히 고개를 드는가 싶더니 갑자기 눈이 커졌다.

"그거는……."

"이거요?"

가희가 손에 들고 있던 팔찌를 가리켰다.

"그, 그래. 팔찌 말이야."

"친구가 준 건데요, 어떻게 만들었는지 보려고 풀려던 참이었어요."

가희가 자랑스레 말했다.

"허허, 우리 딸 솜씨가 더 늘겠구나. 우리 딸이 가죽공예가

취미거든."

가희 아빠가 기분 좋은 표정을 지었다. 그때 아저씨가 손을 내밀었다.

"가희야, 그 팔찌 좀 볼 수 있니?"

아저씨는 아주 진지했다. 무슨 일인지 잠시 어리둥절하던 가희가 팔찌를 건넸다. 팔찌를 받아 든 아저씨 손이 마구 떨렸다.

"자네, 왜 그러는가?"

가희 아빠가 아저씨 어깨에 손을 얹었다. 아저씨는 한참 고개를 숙이고 있더니 입을 열었다.

"가희야, 그 친구 말이야. 그 친구는 어떤⋯⋯."

"네, 리아라는 친군데요. 제가 갖고 싶어 하니 선물로 줬어요."

아저씨 몸이 휘청거렸다.

"이 사람이 왜 이러나?"

"이 팔찌는, 이 팔찌는……. 내가 그녀에게 준 거라네."

"이럴 수가!"

가희 아빠는 입을 다물지 못했다. 팔찌도 놀라기는 마찬가지였다. 그러고 보니 아저씨에게 예전 소년의 모습이 어렴풋이 남아 있었다. 공방에서 한 소년의 말도 생생하게 되살아났다.

"난 우리 삶이 끈으로 이어져 있다고 생각해. 우리 사랑 끈을 꼭 잡고 가자. 그러면 어떤 어려움도 헤쳐 나갈 수 있을 거야."

아저씨는 팔찌를 가슴에 대고 연신 뜨거운 눈물을 흘렸다.

"그럼요, 그럼요. 만날 인연은 만난다고 하잖아요. 인연의 끈을 꼭 잡고 가요."

팔찌는 아저씨에게 말했다. 뜨끈한 전율이 팔찌를 오래도록 감쌌다.

다섯 번째 이야기

요령 택시 기사

나는 최 기사가 운전하는 택시이다. 최 기사가 근무하는 시간이 끝나 교대하면 다른 기사를 만날 수도 있다. 하지만 구인 광고를 내도 아직 기사를 구하지 못했다. 그래서 나는 얼마 전부터 최 기사 근무 시간에만 달리고 있다.

"저기 요령 택시 들어오네. 어이, 요령 기사! 오늘도 요령껏 잘했는가?"

최 기사 전용 택시가 된 뒤로 동료 기사들은 날 요령 택시, 최 기사를 요령 기사라고 부른다. 이게 다 최 기사가 동료들에게 입버릇처럼 하는 말과 손님들에게 하는 행동 탓이다.

"돈을 얼마나 더 번다고 그러나. 요령껏 하라고. 난 짐 들고 있는 손님은 모른 척하지. 술 취해 비틀거리는 손님도 사양이야."

"그렇게 손님을 가려서 태우려면 택시 운전은 왜 하나?"

동료들이 타박해도 최 기사는 변함없이 요령껏을 강조한다.

"손님이라고 아무나 태우고 스트레스 받는 것보다 요령껏해서 스트레스 안 받는 게 낫지. 그러면 택시 안도 깨끗하고얼마나 좋아."

최 기사는 처음 택시 운전할 무렵, 술 취한 손님을 떠올리며 말했다.

"제발 그런 심보 버리게나."

듣다 못한 선배 기사가 퉁바리를 주었다. 하지만 최 기사는 자신이 굳게 믿는 대로 손님을 가려 태웠다. 술 취한 사람이 택시를 세우면 예약 손님이 있어 가는 중이라 하고 조금 떨어진 곳에서 손님을 기다렸다. 짐을 많이 든 사람이 차를 세우면 식사하러 가는 중이라고 둘러댔다. 식사 시간이 지났다면 요령껏 다른 이유를 대고 깔끔한 손님만 태웠다.

요령 기사는 말 많은 손님도 딱 질색이다. 그들이 하는 얘기가 자기 과시 아니면 우중충한 근심거리나 불만들을 토로하는 터라 신경이 쓰인다는 것이다. 그래서 말 많을 낌새가 보이면 얼른 음악을 크게 튼다. 요령 기사의 그런 신념으로 나는 쾌적하게 지낼 수 있었다.

그런데 쌀쌀한 바람이 부는 겨울이 되면서부터 잊고 지냈던 정겨운 모습들이 하나 둘 되살아났다. 다른 기사가 운전할 때는 다양한 모습을 느끼며 지냈는데……. 사람들의 진진한 이야기가 그리웠다. 어머니 생신이라 고향에 갔다가 올라왔다는 아저씨, 친정아버지가 치매로 요양 병원에 입원 중이라며 눈물을 흘리던 아주머니, 술에 취해 '아들아, 미안하다. 못난 애비라 미안해!'라고 눈물 짓던 아버지······.

그렇게 애틋한 삶들이 떠오를수록 난 요령 기사가 요령을 부리지 않기를 바랐다. 하지만 그건 소망에 불과했다. 요령 기사는 더욱 손님을 가려 태웠다.

"자아, 신경 쓰이는 손님은 절대 사양! 나가 볼까?"

그 날도 요령 기사는 나를 반질반질하게 닦아 준 뒤 구호처럼 말하고 나갔다. 도로는 눈이 내린 뒤라 응달진 곳은 얼어서 미끄러웠고, 차가 지나간 곳은 녹아서 질퍽거렸다. 사람들은 매서운 바람에 목도리로 목을 감싸고 종종 걸음을 쳤다. 손님들도 손을 호호 불며 탔다. 그래도 요령 기사는 "어서 오세요. 어디로 모실까요?"라는 업무적인 말만 할 뿐 따뜻한 말을 건네는 법이 없었다. 그랬다가 수다로 이어지는 것을 우려했기 때문이다.

요령 기사가 손님을 내려 주고 가는데 앞쪽에서 아기를 안은 엄마와 유치원생으로 보이는 아이가 손을 들었다. 요령 기사는 잠깐 눈살을 찌푸리곤 유유히 지나가고 있었다. 아이가 손을 흔들며 달려오고 있었다. 그것을 보고도 요령 기사는 태연히 그곳을 벗어나려고 했다. 그때, 승용차가 앞질러 가면서 진눈깨비 흙탕물을 튀겼다. 앞 유리가 얼룩지면서 탁 소리가 났다. 요령 기사는 급하게 차를 세웠다. 그리고 앞 유리를 살피려고 나갔다. 아이가 숨을 헐떡이며 다가왔다.

"아저씨, 고마워요. 전 아저씨가 우리를 못 본 줄 알았어요."

"어허, 지금은……."

요령 기사는 얼룩진 곳을 살피는 걸 그만두고 시동을 걸었다. 아이 엄마도 아기를 안고 다가와 한쪽 손을 콧등으로 올렸다 펴며 다급하게 수화로 무슨 말인가를 했다.

"아저씨, 엄마 말은 아기가 아프니 빨리 병원으로 가 달라는 뜻이에요. 아저씨, 동생이 많이 아파서 빨리 병원에 가야

해요."

아이 눈에 눈물이 글썽거렸다.

"이거 참."

달리는 상태라면 어떤 이유를 대서라도 벗어났을 텐데, 세워져 있으니 당황하는 눈치였다.

"엄마, 빨리 타요. 아저씨가 태워 준대요."

아이가 엄마 옷자락을 끌었다. 요령 기사가 머뭇거리는 걸 아이는 태워 준다는 의사로 안 것 같았다. 아이 엄마는 아기 때문에 얼마나 애를 태웠는지 입술이 파랬다. 품에 안은 아기의 기침 소리가 자지러졌다. 병원에 도착하자, 아이 엄마는 몇 번이나 고개를 숙여 인사했다.

"네, 네……. 그게, 그러니까 얼른 가 보세요."

요령 기사가 말을 더듬으며 인사를 받았다.

"태워 주셔서 고맙습니다. 아저씨는 참 좋은 분이세요."

아이가 해맑게 웃었다.

"그건 아니고. 그래, 어서 가라."

요령 기사가 어색하게 대답했다. 아이 엄마는 아이와 함께 뛰다시피 병원 안으로 갔다.

요령 기사는 돌아 나오며 아무 말이 없었다. 신경 쓰이는 손님을 태운 것에 대해 불만스러워하는 것 같았다.

요령 기사는 큰길로 나오다 멈춰서 얼룩진 유리를 닦았다. 그러다가 멈칫했다. 앞 유리 구석진 곳에 눈에 보일까 말까 한 점이 찍혀 있고 그 주위에 거미줄 같은 금이 살짝 가 있었다.

"이건 뭐야? 아까 튕겨진 것이 돌멩이였나?"

요령 기사 얼굴이 벌게졌다.

"그래서 운전도 요령껏 해야 한다니까."

그때 휴대전화가 울렸다. 요령 기사는 모르는 전화번호인지 얼른 받지 않았다. 끊어졌다 다시 울리자 그제야 받았다.

"뭐라고요? 병원이라고요?"

요령 기사 목소리가 커졌다.

"네, 지금 당장 가겠습니다."

요령 기사는 병원으로 달려가 한참 있다가 나왔다. 운전석에 털썩 주저앉더니 누군가 들어 주기라도 바라는 듯이 말했다.

"오늘은 손님도 그렇고 어머니도 그렇고 다들 병원행이구만. 어머니가 팔에 깁스하고 주사 맞고 누워 계시게 될 줄이야. 그렇게 다치고서도 어머니는 빙판에 미끄러져서 걱정하게 했다고 미안해하니 참……."

요령 기사는 며칠간 입원해야 하는 어머니 입원 절차를 마치고 나온 것이다.

"지나가던 택시 기사가 어머니를 병원에 옮겨 줘서 얼마나 고마운지 몰라. 아니면 큰일 날 뻔했어."

요령 기사가 얼굴을 감쌌다.

"하루 종일 집에 있자니 갑갑해서 나갔다는데, 난 그런 줄도 모르고 고생하지 말고 집에 가만있으라고 화만 냈어."

요령 기사 얼굴에 복잡한 감정이 스쳤다. 운전하는 내내 착잡한지 입을 굳게 다물고 있었다.

"어이, 요령 기사! 깔끔한 손님을 태우려면 차도 말끔해야지. 어서 차 유리부터 손보게나."

동료들이 앞 유리를 보고 한마디씩 했다. 그래도 요령 기사는 어머니 병간호하느라 그런지 신경을 쓰지 않았다. 동료들이 몇 번 더 말하자, 요령 기사는 담담하게 말했다.

"다 생각이 있어서 그럽니다."

"그 생각이 뭔지 궁금하네."

동료들이 고개를 갸웃했다. 그래도 요령 기사는 묵묵히 운전을 했다. 거미줄처럼 금 간 유리는 여전히 놔둔 채였다.

"이 정도면 갈기도 그렇고 안 갈기도 그렇고 애매하네요. 그래도 손님 태우는 택시니까 가는 게 좋을 것 같은데요."

어떤 손님이 금 간 부분을 가리키며 말했다.

"아, 그거요. 양해해 주세요. 제게 심지 같은 거예요. 그동안 편하게 운전하려고 했던 마음이 생길 때마다 저걸 보며 마음을 다잡지요. 그날을 기억하면서요. 허허."

나는 요령 기사 말에 깜짝 놀랐다.

"어이구, 춥죠? 짐이 많으시네요."

"아들네 다니러 왔는데 이것저것 챙기다 보니 짐이 늘었구먼유."

요령 기사는 이제 손님들과 사는 이야기도 나누었다.

"어이, 요새 요령 타령을 안 하니 웬일인가?"

동료 기사들이 물으면 꼬마 손님을 태우던 날을 떠올리는지 씨익 웃을 뿐이었다. 물론 어머니가 눈길에 넘어졌을 때 병원으로 태워다 준 택시 기사도 떠올리는 듯했다.

"참, 사람이 저렇게 변할 수 있나? 하여튼 꾀부리지 않으니 다행이여."

동료 기사들 말처럼 최 기사가 변한 건 확실했다. 그 바람에 예전보다는 덜 깔끔했지만 달릴 기분은 살아났다.

나는 동료 기사들이 요령 기사를 뭐라고 부를지 궁금했다. 요령 기사라는 별명이 바뀌어야 내 이름 7950도 찾을 수 있기 때문이다. 그러나 한번 붙은 별명은 아주 오래 가는 것 같다. 잊을 만도 한데 가끔 동료들이 요령 기사라고 부르는 걸 보면. 어쩌면 이젠 요령 피울 줄 모르는 기사란 뜻이 아닐까?

하늘이 노랗다고 우겨도

'난 여전히 나야!'

수희는 레이스로 장식된 재킷을 입고 자신의 옷매무새를 몇 번이나 살폈다. 아빠가 백화점에서 사 와서 아주 잘 어울린다고 흐뭇해했던 옷이다. 진모, 희진, 애리……. 새로 전학 간 학교의 반 아이들 얼굴이 빠르게 스쳤다.

수희네는 아빠가 하던 사업이 어렵게 되어 거리로 나앉을 지경에 몰렸다. 그래서 개발이 안 된 이 동네 반지하 집으로 이사 왔다. 좁은 방에 낮에도 볕이 안 들어서 불을 켜야 하는 집. 너무나 달라진 상황이라 쉽게 받아들일 수 없었다.

얼마 전까지만 해도 아빠와 엄마는 수희가 원하는 것이면 뭐든지 다 해 주었다. 그러나 이젠 엄마도 벌어야 겨우 생활할 수 있었다.

수희는 아이들에게 따돌림당하던 예전 학교의 아이가 떠올랐다. 그 애는 아이들과 잘 지냈다. 그런데 허름한 옷을 계속 입고 온다고 누군가 말하고부터, 아이들은 그 애를 함부로 대하고 괴롭혔다.

"내 처지를 아이들이 안다면……. 안 돼, 안 돼!"

수희는 고개를 마구 저었다. 이 상황에서 따돌림까지 당한다면 고통에서 헤어나지 못할 것 같았다. 그래서 자신의 처지를 절대로 드러내지 않기로 작정하고 집을 나섰다.

"안녕? 재킷 예쁘다."

학교 가는 길에 애리를 만났다.

"있는 옷 중에 하나인데, 고마워. 아빠는 백화점에서 예쁜

옷을 보면 안 사오고는 못 배긴대."

수희는 어깨를 추어올리며 말했다.

"좋겠다."

애리가 부러운 눈길을 보냈다. 수희는 바뀐 생활이 마음에 걸렸지만 어물쩍 넘어갔다. 교실에 가서도 수희는 주눅 들지 않으려고 애를 썼다. 그러다 보니 어떤 아이가 유명 브랜드 신발을 샀다고 우쭐하면 그것쯤이야, 하고 비아냥거리기까지 했다. 아직은 이삿짐 박스 안에 유명 브랜드 신발이 몇 켤레나 있기 때문이다.

수희가 그렇게 행동한 효과인지 아이들이 주위에 몰려들었다. 분식집에 가서도 수희가 돈을 내는 걸 당연한 것처럼 여겼다. 아이들에게

간식을 사 주는 일이 반복되다 보니 저금통 돈이 바닥나고 있는 게 문제였다. 엄마한테 손을 내밀면 생활비도 모자라니 씀씀이를 줄이라고 할 게 뻔했다. 그런 줄 알 리 없는 아이들은 학교 앞 분식집을 지나칠 때면 스스럼없이 떡볶이를 사 달라고 했다.

그날도 분식집에 가게 되었다. 체육을 해서 출출했는지, 아이들은 떡볶이와 김밥을 맛있게 먹었다. 그리고 학원을 가야 한다며 하나 둘 일어나 갔다.

"이거 보태서 해."

수희가 계산하려는데, 애리가 돈을 내밀었다. 아이들이 같이 가자고 등을 밀어서 온 애리였다.

"괜찮아. 나 돈 있어."

수희는 큰소리치며 계산했다. 그리고 빠른 걸음으로 밖으로 나왔다.

'쟤는 뭐야? 늘 방실거리고.'

수희는 애리가 신경 쓰였다. 혹시 자신에 대해 알고 있는 게 아닌가, 하는 생각도 들었다. 그런 마음이 깊어져서인지 애리의 활짝 웃는 모습도 비웃는 것처럼 보였다. 그럴수록 수희는 자신을 더 꽁꽁 숨기고 포장하려고 했다.

수희는 고개를 숙이고 터벅터벅 걸었다. 슈퍼 앞에서 폐지를 수거하는 할머니와 부딪힐 뻔했다.

"어이쿠! 무슨 생각을 그렇게 하누? 덥지?"

수희는 할머니가 말을 건네는 것조차 짜증나서 대꾸도 하지 않았다.

"얘야, 잠깐 있어 봐라."

할머니는 슈퍼에 들어가더니 요구르트를 사 와서 건넸다.

"싫어요. 저 돈 있어요."

수희는 자신이 초라하게 보인 것 같아 속상했다.

"달리 생각 마라. 할미에게도 너만한 손녀가 있어서 그래."

수희는 할머니가 내민 요구르트를 거들떠보지 않고 갔다.

'난 가난하지 않아. 잠시 집 사정이 나빠졌을 뿐이야.'

수희는 그날 이후로 돈이 필요하다고 자주 졸라서 엄마 마음을 애태웠다. 용돈을 받으면 또 아이들에게 간식을 사 주었다.

"너 혼자 내기는 부담될 것 같아."

애리는 수희 마음을 모르고 또 돈을 내밀었다.

"넌 내가 돈이 없어 보이니?"

수희가 쏘아붙였다.

"그런 게 아니고……."

애리가 당황스러워했다.

"그런 게 아니면 잘난 척하지 마."

수희는 신경질을 부리고 집으로 왔다. 엄마가 다정하게 반겨 준다면 속상하고 불안한 자신의 마음을 털어놓고 싶었다. 그러나 엄마는 밤늦게 일을 마치고 왔다. 그리고 쓰러지듯이 잠을 잤다. 아빠는 얼마간 집에만 있더니 무엇이라도 해야지 않겠냐는 엄마의 채근에 이것저것 알아보러 다녔다. 그러다 회사 물건을 납품하는 차량 운전사로 취직이 되어 나가게 되었다. 아빠는 그 일이라도 하게 되어 얼마나 다행 인지 모른다고 했다. 며칠 전에는 그 회사에서 나온 신상품 출시 사은품이라며 보조 가방을 가져다주기도 했다.

'새 옷도 필요하고, 용돈도 필요하고……. 아이들이 우리 집 사정을 알면 어쩌지?'

수희는 울적했다. 그런데 얼마 안 있어 수희 걱정이 눈앞 에서 벌어졌다.

"야, 저기 온다. 내 말이 거짓말인지 물어 봐."

진모가 교실 문을 들어서는 수희를 손으로 가리켰다. 아이 들 눈길이 수희에게 쏠렸다. 순간 몸이 얼어붙었다.

"무슨 일이니?"

수희는 애써 아무렇지 않은 듯이 물었다.

"너네 아빠가 정말로 진모네 아빠 회사 운전사니?"

희진이가 물었다.

'그럼 그 회사가?'

수희는 납품 차량의 운전사로 취직되었다는 아빠 말이 생각났다. 그와 동시에 자신의 의지와 다르게 되어 간다는 것을 깨달았다.

"말해 봐. 너네 아빠 운전사 맞잖아."

진모가 확인하듯이 말했다. 아이들은 수희의 대답을 기다리느라 숨소리를 죽이고 있었다.

"얘들아, 수희 아빠가 무슨 일을 하시든 뭐 그리 중요하니? 열심히 일하시는 게 중요하지. 우리 할머니가 늘 하시는 말씀인데, 나도 그렇게 생각해."

고요를 깬 건 애리였다.

"그건 그렇지만 쟤가 워낙 부자 행세를 해서 그렇지."

희진이가 말했다.

"나도 쟤네가 아주 부자인 줄 알았지. 그런데 우리 아빠 회사 운전사라니 놀랍잖아."

진모가 빈정거렸다.

"뭐야, 우리가 쟤한테 속은 거니?"

"빈 수레가 요란?"

아이들이 술렁거렸다. 수희는 얼굴이 화끈거렸다.

"아빠는 사장님이야. 사장님, 사장님이라고!"

수희는 자리에 앉아 책상에 얼굴을 묻었다. 빨리 예전의 생활로 돌아가고 싶었다.

"진모! 너, 허풍 떤 거지?"

"아냐, 아빠 회사 갔다가 알게 되었어."

"그럼 누가 거짓말을 한 거지?"

아이들 말이 수희 귀를 파고들었다.

수희는 그 날 학교생활을 어떻게 마쳤는지 기억이 나지 않았다. 집에 오자마자 이불을 뒤집어쓰고 참았던 울음을 터뜨렸다.

"우리 공주님, 저녁 먹어야지. 자면 어떡하니?"

아빠였다. 수희는 못들은 척 달팽이처럼 몸을 웅크렸다.

"어허, 아빠가 모처럼 일찍 들어왔는데 같이 밥 먹자."

아빠가 수희를 일으켰다.

"아빠, 우리 살던 곳으로 언제 가? 여기 애들은 다 마음에 안 들어."

수희는 낮에 있었던 일을 기억하고 싶지 않았다. 생각 같아서는 진모네 회사 운전사 일을 그만두라고 하고 싶지만 아빠가 어렵게 구한 자리란 걸 알기 때문에 차마 그럴 수 없었다.

"갑자기 생활이 바뀌어서 힘들지? 조금만 참자."

아빠가 무거운 목소리로 말했다.

"아빠, 어디 가서 내 이름 말하지 말아요."

"말 한 적 없는데."

"말했으니 아이들이 알죠."

"참, 사은품 받을 때 자녀 이름을 대야 한다고 해서……. 에이, 아빠가 딸 이름 말하는 게 뭐가 어떠냐?"

아빠가 웃으며 말했다. 아빠도 예전이 그리울 것 같았다. 수희는 가슴이 짠했다.

아이들은 수희가 큰 잘못이라도 한 듯이 피했다. 애리만은 여전히 수희와 마주치면 웃어 주었다. 수희는 애리가 달갑지 않았다.

수희는 청소 당번이라서 청소를 하고 있었다. 당번 아이들은 어느새 슬금슬금 도망쳐서 혼자 청소 마무리를 해야 했다. 그때 애리가 교실로 들어왔다. 그러더니 또 웃으며 청소를 거들었다.

"넌 내가 우습게 보이니?"

수희가 따지듯이 물었다.

"아니."

애리는 짧게 대답하고 책상 줄을 맞추었다.

"그럼 왜 비웃는 건데?"

그동안 쌓인 감정이 밖으로 튀어나왔다.

"언제 비웃었다고 그러니?"

"그렇게 느껴져."

"그냥 솔직해져! 넌 꾸미려고 하는 게 문제야. 난 그런 네가 안타까웠어. 그래서 다른 아이들이 다 하늘이 파랗다고 할 때, 너만 하늘이 노랗다고 우겨도 믿어 주고 싶었어. 그런 친구 한 명 정도는 필요하지 않니?"

"왜? 네가 그렇게 잘났니?"

수희는 애리를 세워 둔 채 가방을 메고 교실을 나왔다.

'얄미운 계집애…….'

수희는 자꾸 눈물이 나왔다.

그런데 다음 날, 학교 가던 수희는 아이들 말에 깜짝 놀랐다.

"애리, 고모네로 간대."

"할머니가 편찮으셔서 요양 병원에 가게 됐나 봐. 그동안 폐지 주워서 애리를 돌보셨는데…….'

"우리를 보면 꼭 요구르트를 사 주셨잖아."

"맞아, 애리가 가면 많이 보고 싶을 거야. 우리 보고 가지, 그냥 가는 게 어디 있나?"

"할머니 요양 병원 가는 시간이 아침으로 변경되었대. 어제 다시 학교 와서 선생님께 인사드렸다는데."

수희는 청소 시간에 와서 거들어 주던 애리가 생각났다. 콧등이 찡하고 눈시울이 뜨거워졌다.

'그런 줄도 모르고……'

폐지를 줍던 할머니라면 수희도 본 적이 있다. 인자하게 웃으며 슈퍼에서 요구르트를 사서 건네주던 할머니, 너만한 손녀가 있다고 자랑스럽게 말하던 할머니…….

시간을 보니, 빨리 갔다 와도 될 것 같았다. 수희는 할머니가 요구르트를 사던 슈퍼로 달려갔다.

"아줌마, 폐지 줍는 할머니 있잖아요. 그 할머니 집이 어딘지 아세요?"

"알다마다, 그 할머니 요양 병원 가신다고 했는데, 참, 조금 전에 차가 오더라. 저기로 가 봐. 병원 차가 서 있을 거야."

아줌마가 언덕을 가리켰다. 수희는 인사하고 서둘러 집에 가서 재킷을 쇼핑백에 넣었다. 그리고 집들이 다닥다닥 모여 있는 언덕으로 뛰어갔다.

'애리야, 애리야! 조금만 기다려.'

수희는 숨이 턱까지 차올랐다. 다리가 후들거려 주저앉으려고 할 때 눈앞에 요양 병원 차가 보였다. 막 할머니를 들 것으로 옮겨 차에 태우고 있었다. 그 옆에 애리가 서 있었다.

"애리야……."

수희는 목이 메었다.

"학교 가야지. 여기 오면 어떡하니?"

애리가 놀라서 눈이 동그래졌다.

"난……, 하늘이 노랗다고 우겨도 믿어 주는 친구가 필요한데, 네 덕에 지금 상황을 있는 그대로 받아들이려고 하는데, 이제야 네가 진실한 친구라는 걸 알게 되었는데……, 가면 어떡하니?"

수희 눈에 눈물이 고였다.

"할머니가 우리 동네로 이사 온 집에 대해 말해 주었어. 처

음에는 몰랐는데 나중에 너희 집이란 걸 알게 되었지. 난 네 마음 다 이해할 수 있었어. 나도 갑자기 사고로 엄마, 아빠를 잃고 할머니와 살게 되었을 때 힘들었거든. 어느 때부터 있는 대로 받아들이기로 마음먹으니 한결 편해졌어."

애리가 담담하게 말했다.

"너는 큰 선물을 주고 가는데 난 줄 수 있는 게 없어."

수희가 쇼핑백을 내밀었다.

"이건 너한테 잘 어울리던 옷이잖아."

"그래서 주는 거야. 새 거는 아니지만 마음을 조금이라도
표현하고 싶어서……."

"그러지 않아도 충분히 느껴져."

애리가 눈물을 글썽이는 수희를 안아 주었다.

그렇게 애리는 떠나가는 순간에도
넉넉한 모습을 보여 주었다.

수희는 그동안 자신이 너무 웅크리고 지냈다는 생각이 들었다.

'애리야, 고마워. 이제부터 가슴을 펴고 나를 바로 볼게.'

수희는 교실 문을 열고 들어섰다. 아이들 시선이 쏠렸다. 수희는 심호흡을 하고 아이들 앞에 섰다.

"나, 너희들에게 할 말 있어."

"또 무슨 거짓말을 하려고?"

반응이 싸늘했다.

"내가 잘못했어. 갑자기 집이 어려워지니까 그걸 받아들일 수 없었어. 이젠 있는 그대로 받아들이고 생활할 거야. 그러니 너희들도 날 미워만 하지 않았으민 좋겠어."

수희는 진심으로 말했다.

"갑자기 왜 그러니?"

아이들이 의아해했다.

"파란 하늘을 노랗다고 우겨도 믿어 주는 친구가 있으니 마음이 넉넉해지더라."

"뭐어? 하늘이 노랗다고? 어지럼증 있니?"

"그러게? 콩으로 메주를 쑨다고 해도 안 믿는다는 말은 알지만……."

"이젠 이상한 소리도 다하네."

아이들은 재미난 일을 발견한 듯이 웅성거렸다. 하지만 수희 가슴엔 잔잔한 평화가 스미고 있었다.

재두루미의 은빛 사랑

동물보호소에 암컷 재두루미 재니가 왔습니다.

"어머, 우아하게 걷는 것 좀 봐요."

"그러네요. 어쩐 일로 이곳에 오게 되었을까요?"

재니를 본 사람들이 말했습니다. 곧추 거닐던 재니는 날개를 펼쳤습니다. 하지만 이내 힘없이 접어야 했습니다.

"날지 못하는 것 같은데요."

사람들은 재니를 안쓰러워했습니다. 재니는 먹이를 찾아 날다가 휴전선 철조망에 걸려 날개를 세 군데나 다쳤습니다. 순찰병에게 발견되어 병원으로 옮겨져서 치료를 받았습니다. 그리고 회복될 때까지 보호소에서 지내게 된 것입니다.

'하필 철조망 주변에 먹이가 있을 게 뭐람.'

재니는 아찔했던 순간이 떠올라 긴 목을 움츠렸습니다. 상처가 나으면 금방이라도 무리들이 있는 곳으로 갈 줄 알았습니다. 하지만 날개를 펼쳐도 날아오를 수 없었습니다.

먹이를 주러 보호소 직원이 왔습니다.

"쯧쯧, 하필 날개 부분 신경을 다쳐서 어쩌냐?"

직원의 말이 들렸습니다.

"그래서 날지 못하는 거였어."

재니 마음에 먹구름이 드리워졌습니다. 보호소 안으로 들어오는 눈부신 햇살도 느낄 수 없을 만큼 울적했습니다.

어느 날, 수컷 재두루미가 보호소에 들어왔습니다.

"두루야, 여기서 잠시 지내자. 사람들이 서로 만나지 못하게 하려고 만든 철조망에 너희들이 다치다니, 미안하다.”

보호소 직원이 말했습니다. 재니는 자신의 처지가 힘겨워 새로 온 재두루미에게 눈길을 줄 수 없었습니다. 그런 줄도 모르고 두루는 재니 곁에 와서 자꾸 기대려고 했습니다.

“저리 가. 저리 가란 말이야!”

재니는 두루를 쫓았습니다. 두루는 놀라서 달아나곤 했습니다. 그것도 잠시, 다시 재니의 날개로 파고 들었습니다.

“어리대지 말고 저리 가! 내 말 안 들려?”

재니는 화를 냈습니다. 두루가 절뚝거리며 구석으로 갔습니다. 그제야 두루의 다친 다리가 보였습니다. 가느다란 다리에 붕대가 감겨 있었습니다.

'얼마나 아프면 기대려고 했을까?'

그날부터 재니는 두루를 날개로 품었습니다. 비록 날지 못하는 날개라도 포근하게 감싸려고 했습니다.

"재니야, 고마워. 너무 아프고 무서웠어."

두루는 몸을 파르르 떨었습니다. 두루도 철조망에 다리가 걸린 겁니다.

"많이 힘들었지? 어서 나아."

재니는 더욱 두루에게 마음을 쏟았습니다. 두루는 그런 재니를 무척 따랐습니다.

"고마워. 난 재니 곁에 오래 있을 거야."

"그럼 안 되지. 너는 날 수 있으니 가족이 있는 곳으로 가야지."

재니는 눈물이 핑 돌았습니다.

"보호소 사람들이 하는 말을 들었어. 날개를 다쳤다고. 그래도 자꾸 날아 봐. 날 수 있을 거야. 어서 북쪽으로 가야지."

날이 푸근해지고 있으니 추운 곳으로 이동해야 한다는 말이었습니다.

"나도 그러고 싶어."

재니는 먼 하늘을 우러렀습니다. 헤어진 가족들이 그리웠습니다. 철조망이 있다는 걸 알았다면, 아무리 먹이가 보여도 그곳으로 날아가지 않았을 겁니다. 후회한들 소용이 없다는 걸 알기에, 한숨만 나왔습니다.

통증이 오는지 두루가 주저앉았습니다.

"속상해. 사람들이 못 만나게 하려고 만든 철조망이라며? 그런데 우리가 다치잖아!"

"그러게 말이야. 더는 이런 일이 없어야 해."

재니는 두루 곁에 가만히 있어 주었습니다. 다행히 시간이 흐르면서 두루 다리 상처는 많이 아물었습니다.

"날기 연습하자. 연습하다 보면 날개에 힘이 생길 거야."

두루가 제안했습니다. 재니는 자신이 없어서 어름거렸습니다.

"연습하면 힘이 생길 테고, 그럼 날 수 있어. 자, 어서!"

재니는 두루 말에 날개를 펼쳐 무던히 날려고 애썼습니다. 그래도 바람을 타지 못하고 날개를 접어야 했습니다.

"힘내! 좋아지고 있어."

그럴 때마다 두루는 응원을 했습니다. 재니는 두루가 고맙고 미안했습니다.

"저 소리 들리니? 가까이에서 들려."

어느 날, 두루가 들떠서 말했습니다. 근처 논에서 무리들의 소리가 들렸습니다.

"그렇구나."

재니는 두루의 눈치를 살폈습니다. 아니나 다를까, 두루는 무리들이 있는 곳으로 날아갔습니다. 예상했던 일인데 가슴이 쿵 내려앉았습니다. 재니는 보호소 안을 서성거렸습니다.

'아, 날고 싶어. 날아서 두루가 있는 곳으로 가고 싶어. 아직 이별 준비가 안 되었는데 어쩌지?'

재니는 두루가 너무나 그리웠습니다. 다시 온다면, 그런다면 더욱 다정하게 대해 주리라 마음먹었습니다.

날이 저물어 어둠이 내리고 있었습니다.

"재니야!"

어느 결에 두루가 날아와서 내려앉았습니다.

"왔구나."

"오늘 어떤 일이 있었는지 알아? 가족들을 만나고 친구들도 만났어."

두루는 한껏 들떠 있었습니다.

"거기서 같이 지내도 될 텐데……."

재니는 반가우면서도 궁금했습니다. 이제 두루는 무리에

게 가도 될 정도로 다리가 나았기 때문입니다.

"왜 돌아왔냐고? 보고 싶으니 돌아와라, 돌아와라, 그러던데."

"뭐라고? 그 소리가 들렸단 말이야?"

재니는 살포시 웃었습니다.

"말했잖아. 네 곁에 오래 있을 거라고."

두루는 재니의 날개에 파고들어 잠을 잤습니다.

"고마워. 다시 못 보는 줄 알고 슬펐어."

재니도 편안히 잠을 잤습니다.

날이 점점 포근해지고 있었습니다. 무리들이 추운 북쪽으로 이동할 때가 나가오고 있다는 의미였습니다. 두루는 재니와 다정하게 지내다가도 무리에게 날아가곤 했습니다. 그렇지만 어스름이 깔리면 어김없이 보호소로 날아왔습니다.

"두루는 북쪽으로 날아가도 될 것 같은데요."

보호소 직원들이 하는 말이 들렸습니다. 재니는 마음 준비를 해야 했습니다.

"두루야, 난 괜찮으니 떠나도록 해."

"그러잖아도 가족들이 같이 가자고 해."

"당연히 가야지, 뭘 망설여."

재니는 아무렇지 않다는 듯이 말했습니다.

"다쳐서 이곳에 왔을 때 네가 없었으면 못 견뎠을 거야. 고마워. 꼭 기억할게."

두루도 결심을 한 것 같았습니다.

"나도 고마웠어. 잘 가."

마침내 두루는 떠났습니다.

'달라진 건 없어. 두루가 오기 전에는 혼자였으니까.'

재니는 이별의 아픔을 스스로 다독이려고 했습니다. 마음처럼 되지 않았습니다. 날려고 해도 날지 못하는 처지가 한심스러웠습니다. 바닥에 있는 두루의 깃털이 눈에 띄었습니다. 재니는 깃털을 하나하나 모았습니다. 그리고 날개로 깃털을 품고 움직이지 않았습니다.

"얼마나 보고 싶으면 저럴까요? 저러다 큰일 나겠어요."

보호소 직원들이 걱정했습니다.

"재니야, 두루가 잘 지낼 수 있도록 기도하자. 응?"

"기도하면 마음이 하늘에 닿아 이뤄진다고 하잖아."

재니는 직원들의 말 중에 마음에 쏙 들어오는 것이 있었습니다.

'마음이 하늘에 닿아 이루어진다고?'

재니는 그날부터 간절한 마음으로 기도했습니다. 두루가 북쪽으로 무사히 가게 해 달라고, 여기 걱정하지 말고 가족과 잘 지내게 해 달라고. 어느 결에 재니 눈에 눈물이 가랑가랑 고였습니다.

'두루가 보고 싶어요. 보고 싶어서 견딜 수 없어요. 딱 한 번이라도 볼 수 있다면…….'

끝내 울컥하고 말았습니다. 하늘엔 유난히 별이 총총 떠 있었습니다.

"재니야, 기운 내라."

보호소 직원은 밤에도 걱정 어린 눈빛으로 재니를 살폈습니다. 이제 재니는 일어설 기운조차 없었습니다.

"......"

"북쪽 하늘만 보고 있으니, 이러다 큰일 나겠어. 두루가 돌아오게 해 달라고 기도를 바꿔야 하나?"

직원은 재니의 깃털을 쓰다듬어 주고 나갔습니다. 하지만 재니는 그렇게 기도할 수 없었습니다. 두루가 잘 지내는 것이 더 소중하다는 걸 알기 때문입니다. 재두루미는 혼자 이동하지 않습니다. 무리에서 벗어나 이동한다는 건 위험한 일이었습니다.

'두루는 시베리아까지 갔겠지. 그곳에서 행복하게 잘 지내. 날 가끔 기억만 해 주면 돼. 우리가 인연이라면 어떻게든 닿을 거야.'

재니는 그렇게 뇌고 또 뇌었습니다. 그래도 그리운 마음은 쉽게 진정되지 않았습니다.

"재니야, 정신 차려! 넌 혼자가 아니야. 우리도 있잖아."

보호소 직원 말에 가슴이 뜨끔했습니다.

'아, 나만 생각했어.'

자신을 돌봐 주는 보호소 직원들에게 미안했습니다. 재니는 자리에서 일어나 먹이를 조금이라도 먹으려 애썼습니다.

그렇게 세월을 보내고 있던 어느 날, 하늘에 까만 점이 보였습니다. 점은 감실감실 다가오더니 재니 곁에 내려앉았습니다.

"나야. 내가 왔어!"

"넌?"

두루였습니다.

"날 잊은 건 아니지?"

"물론이지. 어떻게 너를 잊을 수 있겠니. 그런데 어떻게 된
거야?"

재니는 눈앞의 일이 믿어지지 않았습니다.

"가족들과 같이 시베리아까지 갔지만 마음이 편하지 않았
어. 얼마나 보고 싶던지. 네 곁에 오래도록 있을 거라는 약속
을 지키고 싶었어. 그리고……."

"그리고?"

재니는 다음 말을 기다렸습니다.

"너와 둥지를 꾸려서 같이 살고 싶었어."

"뭐, 뭐라고?"

재니는 놀라서 뒷걸음을 쳤습니다.

"우리도 둥지를 틀 때가 되었잖아. 또……."

"또?"

"우리처럼 철조망에서 다치는 일이 없게 하고 싶었어. 그
곳을 날면서 우리가 알려 주면 다치는 일을 막을 수 있을 거

야."

"그래도 안 돼! 네가 있을 곳은 여기가 아니야."

재니가 부리를 저었습니다.

"그래도 내 마음은 변함없어. 견뎌 볼래."

두루의 눈길이 자신의 깃털이 모아져 있는 곳으로 향했습니다. 재니는 두루의 깃털을 모으던 마음이 되살아나서 콧등이 찡했습니다. 한 번만이라도 두루를 볼 수 있기를 바라고 바랐는데, 그 마음이 하늘에 닿은 것 같았습니다.

두루를 본 보호소 직원들이 입을 딱 벌렸습니다.

"세상에나! 저런 경우는 처음이에요. 그 먼 시베리아로 갔다가 돌아오다니!"

두루는 직원을 향해 목을 주억거려 인사했습니다. 그리고 재니에게 말했습니다.

"먼저 날기 연습부터 해야지?"

재촉이 또 시작되었습니다. 재니는 이번에는 정말로 날아

야겠다는 마음이 차올랐습니다.

"날 잊지 않고 와 줘서 고마워. 나도 날 수 있었다면 널 찾아 갔을 거야."

재니와 두루는 다정한 눈빛으로 사랑 춤을 추기 시작했습니다.